Para todas las Saras y Pablos que existen.
Porque el mundo es mucho más divertido con ellos dentro.

Margarita del Mazo

Para Frida, por no parar de hacerme feliz.

José Fragoso

La princesa Sara no para
Colección Somos8

© del texto: Margarita del Mazo, 2019
© de las ilustraciones: José Fragoso, 2019
© de la edición: NubeOcho, 2019
www.nubeocho.com · info@nubeocho.com

Correctora: Mª del Camino Fuertes Redondo

Primera edición: octubre 2019
ISBN: 978-84-17123-82-6
Depósito Legal: M-19435-2019

Impreso en China respetando
las normas internacionales del trabajo.

la princesa Sara no para

margarita del mazo
josé fragoso

nubeOCHO

En un reino tranquilo, donde el tiempo pasaba sin prisa, nació la princesa Sara.

Los reyes estaban felices. Siempre habían querido tener una niña para peinar sus cabellos con tirabuzones y vestirla con prendas delicadas.

Sara era muy curiosa y pronto aprendió a gatear.

—¡Majestad! ¡La princesa Sara no para! —gritaba el jardinero.

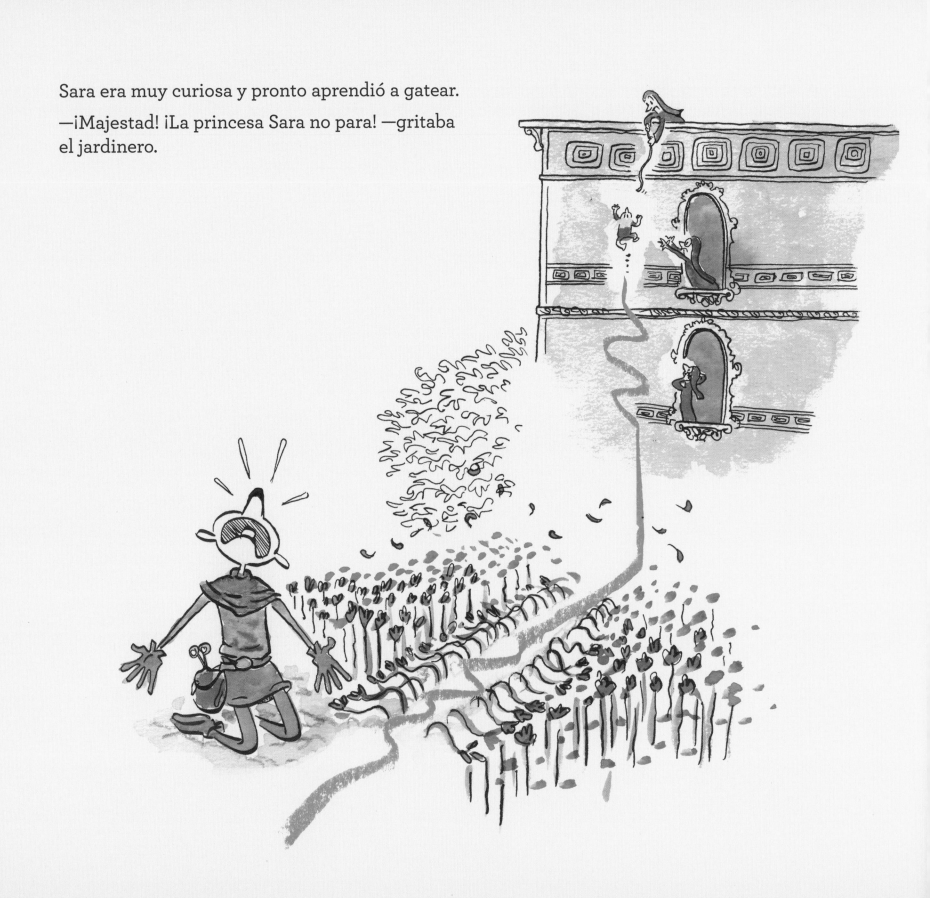

Cuando llegaba la hora de dormir, la pequeña Sara permanecía despierta durante horas.

—¡Majestad! ¡La princesa Sara no para! —se quejaba la niñera.

A la hora de comer, ella disfrutaba con la comida más que nadie.

—¡Majestad! ¡La princesa Sara no para! —protestaban los camareros.

El lugar favorito de la princesa eran las cocinas del castillo. Allí descubrió la música.

—¡Majestad! ¡La princesa Sara no para! —se lamentaba la cocinera.

Los reyes se dieron cuenta un día de que la princesa no se había sentado jamás en el trono. Lo rodeaba, saltaba o se subía encima, pero nunca se había sentado en él.

—¡Horror! ¡Esto es una tragedia! —gritaron llevándose las manos a la cabeza.
Y decidieron buscar ayuda de inmediato.

Los mayores sabios del reino vinieron a palacio y, tras estudiar a la pequeña Sara, por fin dieron un diagnóstico:

—Majestades, la princesa tiene el baile de San Vito. El remedio es que calce zapatos de hierro durante un mes —afirmó el que tenía la barba más larga.

Con sus zapatos nuevos, Sara estuvo más o menos quieta durante el día. Sin embargo, cuando liberó sus pies para ir a dormir, la princesa salió corriendo y no hubo manera de alcanzarla en toda la noche.

Al día siguiente el reino se llenó de brujas y hechiceros venidos de todo el mundo. Hechizos y conjuros comenzaron a sonar por los pasillos de palacio.

—Majestades, la princesa tiene un *Nomepuedoparar*. Debe tomar esta pócima con la cena —aseguró la bruja más cochina y maloliente de todas.

La reina no tardó en darse cuenta de que el brebaje tampoco funcionaba.
Esa noche sus majestades se fueron a dormir muy preocupados. Sin embargo,
no sabían que lo peor estaba por venir.

A la mañana siguiente llegó una carta a palacio en la que los monarcas de Alotroladodelmundo anunciaban su visita. Su hijo, el príncipe Pablo, quería conocer a princesas y príncipes de otros reinos.

—¿Cómo vamos a presentarle a la princesa si nunca está en el trono? —se lamentó la reina.

Cuando llegó la familia real de Alotroladodelmundo,
los reyes esperaban en el salón.

Una banda de trompetas y tambores anunciaba la comitiva. Tras ellos, un bufón que hacía muecas y piruetas arrancaba carcajadas a todos los presentes.

—Recorrimos miles de kilómetros para llegar aquí y no vemos a la princesa. ¿Acaso está enferma? —preguntó el padre del príncipe Pablo.

—No... —respondió la reina, nerviosa—. Está arriba.

—¿En su habitación?

—No, en la lámpara —suspiró la reina.

—¡Bravo! ¡La princesa es una acróbata! —aplaudieron los padres del príncipe Pablo.

¡Era cierto! Los reyes no se habían dado cuenta hasta entonces.
La reina, llena de orgullo, preguntó:

—¿Y el príncipe Pablo? ¿Dónde está?

—También está arriba, querida —respondieron
los reyes de Alotroladodelmundo.